I0565008

L'EUROPE
ET
L'ORIENT

POÉME EN SIX CHANTS

PAR

M. CÉNAC MONCAUT

PARIS

AMYOT, LIBRAIRE-ÉDITEUR

RUE DE LA PAIX, 8.

1857

L'EUROPE

ET

L'ORIENT

Ye.

27990

PARIS. — TYP. SIMON RAÇON ET COMP., RUE D'ERFURTH 1

L'EUROPE

ET

L'ORIENT

POÉME EN SIX CHANTS

PAR

 CÉNAC MONCAUT

PARIS

AMYOT, LIBRAIRE-EDITEUR

RUE DE LA PAIX, 8

1857

PROLOGUE

PROLOGUE

—

Il est des heures de tempête
Où l'orageuse humanité,
Vers la falaise qui l'arrête,
Déchaîne son flux irrité ;
Où le flot humain s'amoncelle
Sur le roc qu'il veut déplacer,
Et lui dit : Vieille sentinelle,
Arrière, laisse-moi passer !...

Ouvre ces portes de la plage,
Où les vieux siècles ont donné
Les limites de l'esclavage
A mon désir emprisonné ;

Je veux enfin sur d'autres grèves
Porter mes pas capricieux,
Des noirs sapins troubler les rêves,
Et mugir au niveau des cieux...

Dans cette tourmente des âges,
Chaque vague, peuple en fureur,
Pour écume jette aux rivages
Un bruit de tumulte et d'horreur;
L'orage agitant les tempêtes,
C'est le colosse conquérant,
Soufflant, sur cette mer de têtes,
Sa pensée à l'éclair errant;

Les vaisseaux brisés par l'orage
Et les matelots sans abris
Sont les rois suivant, à la nage,
Des trônes les sanglants débris.
Sous les pieds pesants d'Alexandre,
C'est la Perse s'engloutissant;
Sur Ilion réduite en cendre,
C'est le vieux Priam gémissant.
C'est Cyrus labourant l'Asie,
Ou Gengis-Khan, faucheur humain,
De l'Indus à la Sarmatie
Marchant, sa faux rouge à la main.

A chaque mouvement du globe,
Coup de vent d'un Dieu créateur,
Au passé l'avenir dérobe

Quelque élément rénovateur.
On dirait que le grand artiste,
D'un monde à l'essai mécontent,
Jette la fonte qui résiste
Dans le creuset chaud qui l'attend ;
Qu'il place dans un nouveau moule
L'homme ébauché qu'il a mal fait,
Comme un fondeur casse et recoule
Un groupe de bronze imparfait.

Quel bruit, siècle de paix, vient de se faire entendre
Dans ce vaste Orient, où le vieux monde, en cendre,
Mystérieux Hamlet, consultant son cercueil,
Vient des crânes sonder les orbites sans œil ?
Castes des Pharaons, par les sables vomies,
Phénix brisant du bec les bandes des momies,
Allez-vous des palais près du Nil répandus,
Reprendre les travaux trois mille ans suspendus ?
Allez-vous, mariant la lourde pyramide,
La pagode indienne au minaret splendide,
Dans un même banquet réunir le Lama,
Confucius, Omar, Zoroastre et Brama ?...
Non, ce n'est pas ce bruit... Un volcan invisible,
Joignant son cataclysme aux fléaux de la Bible,
Soulevant les plateaux, rendrait-il au soleil
Les monstres de Ninive arrachés au sommeil ?...
Le bruit grandit encore... Aaron et Moïse,
Ramenant Israël vers la terre promise,
Vont-ils, de la mer Rouge accumulant les eaux,
Inonder l'Orient de déluges nouveaux,

Et, d'Allah dépeuplant l'illégitime empire,
Tourner jusqu'au mot *fin* les pages de l'hégyre?...
Mais non, Pharaon dort, Moïse reste aux cieux,
Et cependant le bruit grandit prodigieux!...
Quelle est donc votre source, ineffables murmures,
Sortant d'un sol fendu par toutes ses fissures ;
Cri plaintif que l'orage, hélas! jette en passant,
Que la mer à l'écueil répète en mugissant ;
Mots inarticulés d'une langue inconnue,
Par une main de feu crayonnés sur la nue :
Et que Jéhovah parle avec Ézéchiel ;
Pour en trouver le sens, où donc est Daniel?...
Mystère où la raison, naviguant sur un gouffre,
Vaisseau sans gouvernail, tourbillonne et s'engouffre...
Et pourtant, en dépit des naufrages humains,
Vers ce livre inconnu l'Europe tend les mains.
L'Angleterre, des mers dérangeant l'harmonie,
Veut verser la mer Rouge au golfe d'Ionie,
Et mêler en un faix, de ses deux bras tendus,
Les joncs du Borysthène aux bambous de l'Indus.
La France, réchauffant le monde en ses entrailles,
Ayant des pleurs d'amis pour toutes funérailles,
Des hauteurs de la croix voyant l'humanité,
Sur les peuples souffrants verse sa charité.
L'Allemagne pensive, appliquant la synthèse
A sonder l'infini dans la vaste Genèse,
Du Coran, des Vedas traversant le milieu,
Veut, l'Évangile en main, monter de l'homme à Dieu.
L'Italie aux abois, étanchant ses blessures,
De la discorde humaine implacables morsures,

Cherche, prête à mourir, si sur le Golgotha
Dieu laissa le secret qui le ressuscita...
Chacun de ces regrets profonds a son poëte,
Gémissant sur la lyre, embouchant la trompette
Pour marquer aux vaisseaux, désigner au canon,
La route de Stamboul, de Tyr et de Memnon.
- L'Europe tout entière, à ce bruyant qui-vive,
Met son fer à la forge et son ancre à la rive;
Chaque État, surveillant le peuple levantin,
Se tient comme un chasseur à l'affût du destin;
On s'épie en secret, on cherche, on se redoute;
Qui rompra la barrière et percera la route :
La griffe du renard ou le bec du vautour?...
Mais quel bruit de mousquet répondant au tambour!
Dans les vieux arsenaux quel roulement d'orage!
Du Bosphore au Kremlin quels hurlements de rage!
Le monde entier s'émeut, prend les armes... Pourquoi,
Chrétiens, vers l'Orient exprimer cet émoi?
Qu'importe, loin de vous, qu'un trône ébranlé tombe,
Entraînant des lambeaux de peuples dans la tombe?
Que vous font les éclairs quand la foudre n'est pas
Assez près pour frapper vos fronts de ses éclats?
Pourquoi voit-on l'Europe en cet élan immense
Courir comme un seul homme au secours de Byzance?

Rouleaux de papyrus par les siècles écrits,
Déroulez vos feuillets à nos regards surpris.

CHANT PREMIER

CHANT PREMIER

I

L'ANTIQUITÉ

Dans sa création première
Dieu choisit à l'homme riant,
Enfant encore à la lisière,
Le jardin fleuri d'Orient.
Bientôt la famille folâtre,
Égarant ses pas hors de l'âtre,
Couvre, de ses rameaux pressés,
La vaste plaine orientale,

Où les peuples dans leur spirale,
Comme au champ les épis tressés,
Poussent leur foule qui rayonne,
Des bords où le Gange bouillonne,
A ceux que le Nil a pressés.

Promenant sur le sol sa main capricieuse,
L'humaine activité, ruche laborieuse,
Fait jaillir du désert, aux flancs inexplorés,
Ces cases de granit, bruyantes fourmilières,
Gigantesques cités, et Babels altières,
  Aux murs de bronze, aux fronts dorés.

Jérusalem, Memphis, Palmyre et Babylone,
Creuset de murs où l'homme en grondant roule et tonne,
Comme dans le volcan la lave en fusion;
Du monde primitif, vos cratères splendides
Éclairent de reflets éclatants et livides
  Les peuples en éruption.

L'avide conquérant dévalise le globe,
Comme un palais sans maître où le bandit dérobe.
Cambyse, Darius, Alexandre, Xerxès,
Immolant vingt cités à leur idolâtrie,
Brisant Ninive ou Tyr pour faire Alexandrie,
  Comptent leurs jours par des excès.

En dépit des fléaux qu'un Dieu sévère agite,
Sur Ninive et Babel, sur Gomorrhe maudite,
Sur le Nil par sept fois au bras vengeur livré,

Orient trois fois saint, premier berceau du monde,
Ton bras sait retenir sur ta gorge féconde
    L'homme, de parfums enivré.

A toi les fruits dorés pendus aux bras de l'arbre;
A toi les temples d'or et les villes de marbre,
Les chars des conquérants et les palais des rois;
Les guerriers transportant l'univers sous leur tente,
Ces peuples t'adorant, servitude éclatante!
    Ces sages écrivant les lois.

II

DÉCADENCE

Guidé par ta main invisible,
Dieu, qu'un faux archange a trahi,
Qui passes les peuples au crible
En foudroyant le Sinaï;
Dieu, qui dans tes torrents de flammes
Épures l'empire des âmes,
Dieu juste, hélas! mais Dieu vengeur!
Par quel mystère impénétrable
Frappas-tu l'Orient coupable
De l'anathème ravageur?...

Tout à coup le soleil se voile
Sur Babylone et sur Memphis;
Jérusalem n'a plus l'étoile
Qui guidait les pas de ses fils.
L'Euphrate et le Nil sur leurs rives
Ne voient plus leurs eaux fugitives
Baigner les reines des cités :
De leurs débris la mer de sable
Dévore, rongeur implacable,
Les innombrables cavités.

Cités aux immenses murailles,
Palais aux profondes entrailles,
Trônes, empires si vantés,
Où sont vos peuples, vos phalanges?,
Quelles trompettes des archanges
Les ont au loin épouvantés?...

Hélas! arrêt irrévocable!
Cataclysme incommensurable!
L'homme a déserté son berceau,
Et, dans sa fuite séculaire,
Cherchant un autre sanctuaire,
Il pousse au large son vaisseau.

III

L'EUROPE

Sous la voix du Très-Haut, qui leur dit : Marche, marche,
On vit du monde ancien les fils civilisés,
Vers l'Occident désert emportant la sainte arche,
Diriger lentement leurs pas dépaysés.
Le géant part, faisant chaque siècle une étape;
Il va de la Judée à Crète et chez Cécrops,
Aux bords du Tibre enfin : Romulus du pied frappe
Et donne une Memphis aux enfants de Pélops.

Rome, ville des dieux, monte sur tes collines
Pour jeter sur le globe un regard scrutateur,
Compter les nations que de loin tu domines,
Et fixer sur leur front ton vol d'aigle dompteur.

Flot humain, marche encor! cours de l'Atlas au pôle,
De Gibraltar au Rhin!... Tourbillons agités,
Envahissez l'Espagne et l'Afrique et la Gaule,
Semant dans leurs forêts le germe des cités.

Dans ce déplacement de peuples en voyage,
L'Orient délaissé voit l'ouragan du Nord

Balayer ses plateaux du sommet au rivage,
Et laisser après lui le silence et la mort.

Et ce n'est pas assez, Dieu vengeur et terrible !
Il faut, pour t'apaiser, de nouvelles douleurs ;
Du simoun du désert l'orage irrésistible
Sur de nouveaux tombeaux fait verser d'autres pleurs.

Ce qui restait debout sur la plage isolée,
Ville du patriàrche et croix du Rédempteur,
Saint Sépulcre désert, chapelle désolée ;
Mahomet apparaît, ouragan destructeur,
Il vient sous le sabot des cavales numides
Inonder, de débris que l'œil n'a pas comptés,
De la Mecque au Volga les provinces arides,
Toutes rouges du sang de cent peuples domptés.

IV

LES CROISADES

Cependant, aux sanglots de la triste agonie,
Poussés des murs d'Hippone aux champs de Béthanie,
Les peuples voyageurs, en Europe installés,
S'arrêtent, l'arme au poing, de terreur ébranlés.

Dressant vers l'Orient, primitive patrie,
D'un souvenir d'amour la tendre idolâtrie,
De Judas Machabée ils prennent l'étendard;
Le Taurus pour leur fougue est à peine un rempart,
Le Bosphore un ruisseau, la mer un lac où flotte
La galère aux cent bras, esclave du pilote.
Pierre, Ville-Hardouin, Gaston et Godefroi
Dont le nom, chez Satan, imprimerait l'effroi;
Joinville et Boëmont, Baudouin et Tancrède,
Que la victoire suit et que la mort précède;
Thibaut et Saint-Louis, Richard au cœur de fer;
Horaces de la croix au combat de l'enfer,
Vous avez délivré la terre des prophètes;
L'Arabe a pu compter les jours par ses défaites.
Mais vaincre, ce n'est pas conquérir, ô croisés!
Par la discorde, un jour, vos peuples divisés
Laisseront, fatigués d'un combat séculaire,
Le Coran dominer au sommet du Calvaire.
Prodiges de valeur, mais effort impuissant!
La gloire est à la croix, la victoire au croissant;
Et le flux d'Occident, retournant en arrière,
Va de l'Europe en deuil repasser la frontière.

V

CHRISTOPHE COLOMB

Rentré dans son manoir, le héros du Jourdain
Dissipe le repos au souffle du dédain;
Son expansive ardeur, vers des plages nouvelles,
Pour de nouveaux combats pousse les sentinelles.
Mais où porter vos pas, vieux chrétiens? où courir?
Quel roc escalader? quel pays conquérir?...
La mer! partout la mer!...'La vague sans limite
Enserre dans ses bras l'Europe trop petite.
Cependant Gibraltar et l'île des Bretons
Déjà vers l'Océan s'avancent à tâtons;
Un jour, dans un accès de fièvre vagabonde,
Un cri s'est fait entendre : « Il est un nouveau monde!
« Nobles fils des croisés, le globe est trop étroit;
« Pour nous la mer immense est à peine un détroit;
« Océan ravisseur, rends-nous ce que des ondes
« Ont osé nous cacher les cavités profondes... »
Au signal de Colomb, les doutes ont fini;
Son regard surhumain a sondé l'infini;
La flotte, déployant son aile colossale,
Ouvre à l'humanité la terre occidentale...

Comme le Christ jadis promenant sur la mer,
Colomb dicte le calme aux flots du gouffre amer.
Le hardi conquérant, prophète du vieux monde,
Arrive et prend d'assaut l'Amérique féconde.
Debout sur le donjon des continents nouveaux,
Il crie : « A moi l'Europe ! à moi tous tes vaisseaux !
« Arrière-garde, accours : la place capitule ;
« L'homme ne connaît plus les colonnes d'Hercule. »

Les Vespuz, les Gama, les Pizarre, après lui,
Portent le gouvernail où son regard a lui ;
Et l'homme insatiable, élargissant l'espace,
De son activité va décupler l'audace.

CHANT DEUXIÈME

CHANT DEUXIÈME

I

RETOUR VERS L'ORIENT

Mais le terme est atteint, le globe est exploré;
.Pas un point que le soc humain n'ait labouré :
Boule ronde que l'homme en ses mains, ô prodige!...
Façonne et ramollit comme un potier dirige
Le bloc de terre glaise entre ses doigts pétri.
Que faire? vers quels lieux porter ton pas meurtri,
Rapide humanité, voyageuse éternelle,
Dévorant l'inconnu du feu de ta prunelle?...

Cependant : *Marche, marche*, est le grand mot du sort !
Nul golfe inexploré ne te montrant son port,
Dans ton besoin de vie et de course sans trêve,
L'Orient merveilleux te reparaît en rêve.
Berceau du premier homme, il ouvre aux exilés,
Par-dessus le croissant, ses deux bras mutilés;
Chaîne du souvenir, parfum de la patrie,
Des plus nobles instincts suave idolâtrie,
Suc nourrissant et pur qui répand en nos cœurs
Des antiques vertus les souvenirs vainqueurs...
Loin de nous l'Amérique, hémisphère muette,
Qui n'a pas un seul nom à donner au poëte !
Désabusés déjà de ce monde lointain,
Soupçonneux de nous-même, inquiets du destin,
Nous cherchons sur la terre, où Dieu fit son prodige,
Le pivot où s'assied l'axe qui nous dirige.
Nous jetons un regard surpris et suppliant
Vers ton ciel étoilé, merveilleux Orient !
Nous sentons le désir, au sein de la tristesse,
De donner en passant une larme à la Grèce ;
Nous voulons, effrayés de la corruption,
Demander au palmier des filles de Sion
Comment leur chaste amour, sous les tentes bénies,
Sut écarter le vase amer des félonies;
Par quel secret, du luxe abandonnant l'essor,
L'homme, ayant la vertu pour unique trésor,
Goûta, sous les baisers de son humble misère,
La placide candeur du patriarche austère,
Et, pour ailes prenant la foi de ses aïeux,
Mit son unique gloire à voler vers les cieux.

II

EXPÉDITION D'ÉGYPTE

Mais qu'est-ce qu'un regret, triste soupir de l'âme,
Si le bras du génie, arborant l'oriflamme,
Ne montre aux pèlerins le chemin du retour,
En s'écriant : « Partons, amis, voici le jour!... »
Ce nouveau *Dieu le veut!* qui donc le fit entendre,
En désignant le Nil aux fils de saint Louis?...
Un César, complété d'un éclair d'Alexandre,
Qui sous l'obus en feu crut réchauffer la cendre
    Des sphinx dans le sable enfouis.

Nobles enseignements, gloire des nouveaux âges!
O ma France! quels sont ces étonnants soldats,
Phalange de savants, de héros et de sages,
Explorant du passé les ténébreux rivages,
    Vers Memnon dirigeant leurs pas?...

Au bruit de leurs clairons, pyramide muette,
Tombeaux où Rhamsès mit Ossa sur Pélion,
Saluant les vainqueurs, tu viens courber la tête
Et livrer tes secrets, pour rachat de conquête,
    Au carnet de Champollion.

III

LA GRÈCE.

Quel bruit!... Entendez-vous, d'Argos à Mitylène,
Retentir les sanglots d'un peuple exterminé?...
Le joug appesanti sur la poitrine, Hellène,
Fait sortir des tombeaux, Sparte, Corinthe, Athène,
Spectre criant : A moi, je suis assassiné!...

Les myrtes et les lauriers-roses
Où les nymphes venaient sans peur,
Les paupières à demi closes,
Lutiner le faune trompeur,
Noircis par les langues des flammes,
Tordent leurs bras comme des âmes
Dans un purgatoire de feu ;
La frise, d'acanthe brodée,
Sur les chapiteaux accoudée,
Aux noirs spahis servant d'enjeu,
Sent la pointe des javelines
Massacrer les muses badines
Sur un socle de Périclès ;
Et tout ce que peut l'archivolte,
Par ce forfait mise en révolte,

Pour secourir une Palès,
C'est de s'abattre sur l'impie
Avec deux coursiers d'Olympie
Qui le brisent contre un Thalès.

Golfes d'azur aux flancs d'albâtre,
Tempée où Zéphire, folâtre,
Ne portait aux lèvres d'Écho
Que chants guerriers avec Homère,
Avec Pindare qu'hymne austère,
Que chants d'amour avec Sapho ;
De toutes ces lyres sans corde
S'échappe le sinistre exorde
Où le feu siffle, où le fer mord ;
Et Sparte, dormant dans sa tombe,
Chante sur la vaste hécatombe
Sa fierté libre dans la mort.

L'Occident, l'œil fixé sur la croix d'Éolide,
Vers Chio dépeuplé suit le vol des vautours.
Que veut cet enfant nu, cette vierge livide ?
Des larmes ?... Non, du fer et la balle rapide ;
Les Turcs fondent sur les Giaours !

Le Clefte, ayant au dos sa longue carabine ;
Sa fille, un pistolet à son ceinturon bleu ;
Le pirate, mettant au vent sa brigantine,
N'ont, des rocs du Parnasse aux flots de Salamine,
Qu'un cri de guerre : En avant, feu !...

L'Europe, applaudissant à cette Olympiade,
N'a qu'un élan vengeur du Niémen à Paris ;
Réveillez-vous, Platon, Périclès, Miltiade !
A nous le dernier chant de la noble Iliade,
    Dont l'Achille fut Canaris !

IV

LES ATTENTATS DE LA RUSSIE

Mais, ô forfait ! pendant que la France attendrie,
Aux mamelles de Sparte et d'Athènes nourrie,
Pousse vers l'Archipel ses vaisseaux protecteurs ;
Lorsque l'Europe armée, entonnant la grande ode,
Rend aux fils d'Amphion la lyre du rapsode
    Aux accords civilisateurs,

Le sombre enfant du Nord, à la face livide,
Grelottant et jaloux sous sa peau d'ours humide,
Vient aiguiser ses dents et son ongle d'acier
Contre le granit brut du Dolmen symbolique
Qui doit, sur les marais glacés de la Baltique,
    Dresser un jour Pierre Premier.

Le tzar prédestiné ; Cyrus de Moscovie,
Qu'au banquet des héros la fortune convie,

Des peuples engourdis abrége le sommeil ;
Et, montrant les climats qu'un ciel d'azur protége :
« Secouons, leur dit-il, nos manteaux lourds de neige,
      « Allons nous chauffer au soleil ! »

Il part, et, sur Azoff déchaînant ses Tartares,
Il lance vers ses murs les premières fanfares
De la bombe éclatante et du boulet sifflant.
Dès ce jour, le colosse, un bras sur la Baltique
Et l'autre sur l'Euxin, d'un effort athlétique
      Croit étouffer Rome et l'Islam.

La mort frappe le tzar, mais non pas sa pensée ;
Par la fière tzarine on la voit devancée.
Sur le cap Chersonèse, un jour portant son vol,
L'aigle de Catherine a contemplé Byzance ;
Et, pour limer sa griffe et franchir la distance,
      Il construira Sébastopol.

Un siècle de repos, loin d'apaiser l'envie
Qu'en ses tzars incarna l'avare Moscovie,
Élève un dieu mortel à son ambition ;
L'orgueilleux Nicolas crie, en tirant le glaive :
« C'en est fait, Orient ! ton avenir s'achève,
      « C'est ma suprême agression. »

Comme au siècle passé, l'immense flot tartare
A franchi le courant qui, de ses bras, sépare
Le timide croissant de l'aigle audacieux ;
Le Danube est l'arène où les deux peuples luttent ;

Mais les Turcs, pied à pied, à Gortschakof disputent
    Le sol conquis par leurs aïeux.

Tout à coup, ô douleur ! dans son nid de Crimée,
La flotte des vautours, pour la lutte arrimée,
Lève la main de fer qui la retient au port :
La couvée ouvre aux vents son envergure blanche,
Prend son vol et s'abat, fulgureuse avalanche,
    Sur Sinope, frappée à mort.

Aux hourras du vainqueur, aux sanglots des victimes,
Le démon des combats a rouvert les abîmes
Par quarante ans de paix sur le monde fermés ;
Le sauvage attentat a soulevé l'Europe :
Londres montre à Paris, et Paris à Sinope,
    Les bataillons vengeurs formés.

V

LES DEUX EMPEREURS

Tandis qu'au parlement on s'émeut, on discute,
Que Palmerston hésite à commencer la lutte,
Louis-Napoléon, seul, le front dans sa main,
La nuit, dans le salon des maréchaux de France,

A travers des combats de doute et d'espérance,
    Vient sonder le grand mot : *Demain*.

Connaissez-vous Paris durant une nuit sombre?
Paris entier dormant dans l'épaisseur de l'ombre,
Quand tout bruit a cessé, quand tout feu s'est éteint,
Sauf le gaz, ver luisant qui s'éclipse au matin?
Rappelez-vous ces quais, ces palais et ces places,
Comme un sombre ossuaire acceptant les cuirasses
Du néant passager qu'on nomme le sommeil?
Tout dort; on croirait voir le lugubre appareil
De ces vastes tombeaux, où de l'Égypte antique
Se coucha six mille ans la poudreuse relique.
Mais, lorsque le Paris de l'éclat et du bruit
Éteint son roulement dans le sein de la nuit;
Quand ce Paris de fer, et de marbre, et de pierre,
Paraît s'ensevelir sous la ronce et le lierre;
Sur sa tête, voyez planer, toujours debout,
Cette image d'airain glacé dont le front bout :
Les bras croisés, rêveur, dans sa mâle assurance,
Il veille, à l'avant-poste, aux destins de la France.
Le fil du télégraphe, à l'essor fabuleux,
Tout à coup a jeté sur son front nébuleux
Les grands mots du moment : *Silistrie et Sinope!*...
Il respire, et son souffle a secoué l'Europe...
Comme au bruit embaumé des caressants zéphyrs
La harpe éolienne exhale ses soupirs;
Comme, aux champs de Sion, jadis le luth mystique
Au vent du Sinaï notait un saint cantique;
Comme, enfin, de Memnon l'idole sans sommeil

Dès le premier rayon saluait le soleil ;
Tel aujourd'hui l'airain de la place Vendôme
Au premier vent de guerre épanouit son dôme,
Et, sonnant la diane aux sinistres éclats,
Sent vibrer et marcher ses milliers de soldats.

Gigantesque canon, ayant, chose inconnue,
La terre pour affût, et pour cible la nue,
Obusier vertical par le géant fondu,
Au signal belliqueux ta voix a répondu !...
Tes flancs ont tressailli ; tes flancs, gonflés de poudre,
Vers le ciel étoilé font éclater la foudre.
Le grand homme de bronze, à ton sommet dressé,
S'ébranle, et, descendant sur le sol affaissé,
Vient enfin reposer sur la terre tremblante
Ce pied connu jadis à sa trace sanglante.
Il marche ; le granit, sous sa botte d'acier,
Frémit comme autrefois son rapide coursier.
De Paris à Moscou, de Saragosse à Rome,
Le sol tremble et redit le réveil du grand homme.
D'un peuple de soldats les membres dispersés,
Comme les grains de sable au Sahara pressés,
Dans les vastes tombeaux d'Austerlitz et d'Arcole,
D'Iéna, de Waterloo, funèbre nécropole !
Sous la vibration de ce pas bien connu,
Au-dessus des cercueils dressent leur torse nu.
Huit cent mille guerriers divers, couchés ensemble,
Sous la terre où la mort maintenant les rassemble,
Se tournant vers le point où cet éclair a lui,
Disent, fiers ou tremblants : « Ce bruit, n'est-ce pas lui ?»

Mais *lui*, vers le palais de son pas s'achemine;
La grille du jardin à son aspect s'incline; ·
Le soldat dit : « Qui vive? » On lui répond : « C'est moi! »
Et l'Empereur d'airain passe imprimant l'effroi.
La porte du palais sous son regard éclate;
Son pied, comme un marteau, sur chaque marche frappe;
La Minerve d'argent, au salon de la Paix,
Se voile de terreur devant son souffle épais;
Il passe, et, pénétrant enfin au Sanctuaire,
Dont les vieux maréchaux forment le reliquaire,
Vers l'Empereur vivant il baisse son sourcil :
« Héritier de mon nom, lui dit-il, me voici!...

« Que fais-tu donc, Louis? l'Orient est en flamme,
« Et tu n'as pas, nouveau Brennus, posé ta lame
« Dans la vaste balance où le monde incertain
« Va de son avenir mesurer le destin.
« Une épée étincelle, et ce n'est pas la tienne;
« La France d'aujourd'hui n'est-elle plus la mienne?...
« Sous les rois d'Occident, peux-tu donc l'oublier,
« On vit à Waterloo l'aigle s'humilier!
« L'infâme trahison, spectre invisible et lâche,
« Sur plus d'une couronne alors grava sa tache. ·
« Que de larmes de sang d'Elbe à Fontainebleau!...
« Le Dante oserait-il dessiner le tableau
« De parjure éhonté, de trahison inique
« Par le *Bellérophon* offert à l'Atlantique?...
« Qui dira mes douleurs sur ce rocher désert,
« Où la mer, mon geôlier, d'un lugubre concert,
« S'efforce d'endormir le prophète qui sonde,

3

« Sous le poids de ses fers, les mystères du monde,
« Et, donnant aux mortels la France pour berceau,
« Veut guider l'univers comme on pousse un cerceau ?
« Ne pouvant arrêter dans les champs de carnage
« L'homme qui retenait la victoire en otage,
« On fait du conquérant un prisonnier obscur,
« Frappant, dans son préau, du front contre le mur.
« Espérant étouffer son cœur dans le ciboire,
« On montre à son amour, douleur expiatoire !
« Son enfant au berceau livrant aux potentats, -
« Pour l'aumône d'un jour, un empire en.éclats :
« Et la France, qui met son or dans la balance,
« Comme un bienfait payant le rapt, la violence...
« Tous ces crimes, Louis, se dressent sur tes pas;
« Le glaive est sous ta main, et tu ne le prends pas?...»

Louis se lève enfin, et, sans être abattue,
Son âme, en soupirant, répond à la statue :
« Héritier de tes maux, j'eus pour consolateur
« De ton soleil couchant l'éclair générateur.
« Réparer ton désastre? Ai-je une autre pensée?...
« Vois de tes ennemis la panique insensée
« Écouter en tremblant si l'aigle courroucé,
« Lime de ses aiglons le bec mal émoussé.
« Voyant le temps courir vers l'ère impériale,
« Les rois sentent trembler leur couronne royale...
« Victime de Moscou, de Vienne et de Berlin,
« Martyr de la grandeur, plongé, comme Ugolin,
« Dans le cercueil lointain qu'on nomme Sainte-Hélène,
« Oui, tu seras vengé de quarante ans de haine;

« Car tes persécuteurs, ô supplice étonnant!
« Je veux les écraser, mais en leur pardonnant.

« Loin de moi, noble aïeul, la vengeance vulgaire
« D'imposer aux humains le joug de la colère!
« Ce fol emportement n'expliquerait-il pas
« L'acharnement qu'on mit à t'enchaîner là-bas?...
« Des flots de sang sont-ils un verdict de justice?
« Et mon règne aurait-il Némésis pour complice?...
« Ah! laissons aux tyrans les aveugles fureurs,
« Aux factions d'un jour les sauvages terreurs...
« Ignorant le bonheur de ravager la terre,
« Je garde la clémence et non pas le tonnerre,
« Et je frapperai ceux qui t'avaient méconnu
« D'un supplice éternel, incessant, inconnu :
« Le remords déchirant d'avoir, dans leur délire,
« Cassé l'aile sacrée à l'aigle de l'Empire...
« Ma voix le leur a dit : l'Empire, c'est la paix,
« Mots sacrés que je grave aux frontons des palais;
« Car le fer ne doit pas briller pour la vengeance,
« Mais pour sauver le faible, affermir l'espérance,
« Et proclamer enfin dans ce monde agité
« Le code d'équilibre et de sécurité.
« C'est au bruit du canon prêt à se faire entendre
« Que sur l'homme étonné cette loi va descendre.
« Peuples et souverains, les temps sont arrivés,
« Vos destins ne sont plus aux vieux trônes rivés;
« Je veux qu'une victoire, à nulle autre seconde,
« Me permette d'offrir ce jour unique au monde :
« Que de mes ennemis arbitre souverain,

« Tenant leur avenir sous ma verge d'airain,

« Ne voulant conquérir que le titre de juste,

« Vainqueur, je leur dirai comme autrefois Auguste :

« Puisque de commander, enfin, il m'est permis,

« Je vous offre ma main, vaincus, soyons amis.

« N'enchaînant que mon bras, je veux mettre ma gloire

« A faire taire en moi l'orgueil de la victoire,

« Et pouvoir, à mon tour, dire aux peuples divers :

« Je suis maître de moi comme de l'univers.

« Ouvre les yeux, crois-tu que ce noble spectacle

« N'ait pas le droit aussi d'invoquer ton oracle?...

« Sur la gloire fonder la paix du genre humain,

« N'est-ce pas de lauriers parsemer son chemin?

« Dieu, disait-on, donna pour borne à ton empire

« Ce fleuve européen, qu'un aveugle délire

« Crut pouvoir lui ravir comme on éloigne un pieu...

« Ce forfait de ma roue a-t-il cassé l'essieu?...

« Arbitres du passé, des regrets que j'estime

« Des problèmes nouveaux vous dérobent la cime.

« Des frontières ! qui peut en fixer les jalons,

« Quand l'homme court en rails comme au vent les ballons?

« Au Français accorder le Rhin pour sa limite,

« C'est donner à son aigle une aire trop petite.

« La France, dans la paix ignorant le repos,

« Du progrès en tout lieu sait porter les drapeaux.

« Si l'affût du canon bronche aux moindres ornières,

« Le vol de la pensée ignore les barrières ;

« Mon peuple, char de feu qu'allume l'avenir,

« Dans l'orbe européen ne peut plus contenir,

« Et son phare répand sa flamme conquérante
« D'Archangel à Suez, de New-York à Lépante.
« Les nations payant, admirateur pieux,
« Leur tribut empressé de respect glorieux,
« Acceptent nos cités pour le centre du monde,
« Et courent s'abreuver à leur source féconde...
« Reviens sur ton autel, héros divinisé,
« Nous avons pour sujet l'homme civilisé ;
« Car l'Empire français plante ses forteresses
« Partout où le progrès répand ses hardiesses. »

Le grand homme d'airain resta silencieux :
Montant, par sa colonne, au marchepied des cieux,
Tranquille, il replaça sur sa haute courtine
Le demi-dieu vers qui le monde entier s'incline ;
Et Louis, poursuivant son dessein mesuré,
Tourna vers l'Orient son regard assuré.

CHANT TROISIÈME

CHANT TROISIÈME

LE RAPPEL

L'aigle prenant son vol, rapide sentinelle, ·
De son bec entr'ouvert lance le mot vengeur ;
Le léopard, gardant comme une citadelle
La tombe où Wellington croyait, erreur nouvelle,
Étouffer à jamais l'ouragan ravageur,

Se réveille en sursaut, et, la gueule béante,
Respirant l'air que l'aigle agite en son transport ;

Accepte avec ardeur la cordiale entente
Dont la justice armée à l'Europe hésitante
Doit imposer le double effort.

Aussitôt les places de guerre
Se remplissent de bataillons ;
Les canons, volés au tonnerre,
Font l'essai de leurs tourbillons ;
L'arsenal aux vastes fabriques
Hérisse de forêts de piqués
La brigade aux mouvants sillons.

Des ports les entrailles fiévreuses
Font glisser sur l'aire des mers
Mille forteresses, heureuses
De revoir les gouffres amers ;
Vastes cités de bois flottantes,
De leurs courtines palpitantes
Bientôt jailliront les éclairs.

Au souffle aigu de la tempête,
Tout retentit d'un bruit d'acier.
Le laboureur sent la houlette
Imiter l'arme du lancier ;
Le poulain, dans son pâturage,
Dressant l'oreille au fier présage,
Prend les allures du coursier.

Le fer que le charron applique
Au calme instrument de labour,

Honteux de ce rôle rustique,
Gémit aux coups du marteau lourd ;
« Pourquoi ces cris lui dit l'enclume?...
« — Quând partout le soufre s'allume
« Je veux être glaive à mon tour. »

Aux bruits de rappel et de charge,
L'enfant, qui ne les connaît pas,
A son pas plus ferme et plus large
A donné l'élan des combats :
Sa mère, surprise, inquiète,
Se souvenant de Jeanne Hachette,
Tremble, mais ne l'arrête pas.

La sœur grise à la guimpe blanche,
Abeille des ruches à miel,
Que, pour nous, la charité penche
Dans un coin abrité du ciel,
Porte dans les plis de sa robe
Les fleurs que sa bouche dérobe
Dans les jardins de Gabriel.

Du parfum des roses des anges
Et des sucs en infusion
Elle compose des mélanges
D'une irrésistible action,
Et les dépose dans l'amphore
Que Madeleine myrrhophore
Versait au Sauveur de Sion.

Son cœur, tout entier aux souffrances
Que la guerre impose aux soldats,
Loin de s'effrayer des distances,
Et de son sexe, et des combats,
Va porter loin de sa patrie
Cette chrétienne idolâtrie
D'un amour qu'on n'y connaît pas.

Le prêtre, au pied du tabernacle,
Prosterné vers le roi des rois,
Dans l'ostensoir du saint oracle
Sent ainsi retentir la voix :
« Ministre du Dieu des prophètes,
« N'entends-tu donc pas les trompettes
« Sonner pour la troisième fois?... »

Aussitôt, sur la blanche étole
Mettant le noble baudrier,
Le prêtre rajeunit le rôle
Du magnanime templier,
Et va montrer à nos cohortes
Ce que peut, sur les âmes fortes,
La voix de l'apôtre guerrier.

II

L'EMBARQUEMENT

À l'appel du canon qui tonne,
Le navire, aux caves sans fond,
D'arsenaux, dont la mer s'étonne,
Se remplit de la quille au pont.
Par milliers les soldats s'entassent
Dans les sabords prêts à casser;
Les canons, endormis, s'enchâssent
Dans l'homme qui vient les presser.
Le zouave aux dragons se mêle,
Un torrent de boulets ruisselle
Sur le pont prêt à s'affaisser.

Dans cet entassement énorme
L'ordre préside au branle-bas;
L'affût du mortier, lit difforme,
Sert de couchette à des soldats.
Pour oreiller, le capitaine
A des bombes dans son casier;
Les baïonnettes dans leur gaîne
Bourrent des gueules d'obusier;

Et, dans cette Babel des ondes,
Parfois le réservoir des sondes
Devient la crèche d'un coursier.

La mer, toute blanche d'écume,
Sentant un poids désordonné,
Se demande avec amertume
Si le sol est abandonné :
« Menacé d'un nouveau déluge,
« L'homme veut-il déménager...
« Quitter un monde que Dieu juge.
« Et que l'ange va ravager?... »

III

LE DÉPART

Mais l'artilleur, de son tonnerre,
Semble braver celui des cieux ;
A ce bruit colossal de guerre,
Bruit inconnu chez nos aïeux,
Le soleil craint qu'une comète
Ait d'un choc heurté la planète
Et brisé quelque anneau trop vieux.

Chaque coup du canon qui gronde,
Portant dans la voûte d'azur,
A cette coupole du monde
Ouvre un œil-de-bœuf à son mur...
Alors la phalange des âmes,
Hôtes exilés d'ici-bas,
Sous leurs voiles brodés de flammes
Au zénith arrêtent leurs pas.
Les fronts creux rallument leur phare,
Et, du haut des sentiers d'Icare,
Écoutent les bruits de combats.

Les âmes rêvant d'harmonie,
Apôtres, vierges, saints, martys,
Femmes tendres dont l'insomnie
Sur nos maux verse des soupirs;
Au bruit des cliquetis étranges,
Prenant la fuite avec horreur,
Jettent le trouble chez les anges,
Partageant leur craintive erreur;
Et courent, timides phalanges,
Plus haut, sous l'aile des archanges,
Abriter leur sombre terreur.

Mais d'autres âmes belliqueuses,
Cœurs de guerriers et fronts de roi,
Levant les visières poudreuses,
Qui ne connurent pas l'effroi,
Attentives, prêtent l'oreille
A la grande voix du canon;

La charge des tambours réveille
La devise de leur pennon;
Le foyer du cœur se rallume,
Et leur instinct belliqueux hume
L'air des camps où souffla leur nom.

On voit alors, rouvrant leurs voiles,
Ces bataillons des temps passés,
Rangés aux balcons des étoiles,
Ardents spectateurs entassés,
Sur la flotte aux rames tournantes
Attacher leurs yeux attentifs;
Et, voyant ces villes mouvantes
S'avancer sur les flots captifs,
Dire : « Est ce là notre hémisphère?
« Quelle race, étrange mystère!
« En chassa nos fils fugitifs?...

« Ce n'est plus l'homme qui l'habite,
« Les géants s'en sont emparés,
« Et la mer devient trop petite,
« Pour leurs vaisseaux désamarrés. »
Quels engins bruyants pour la brèche!
Et quels béliers lançant l'éclair!
Leurs arbalètes ont pour flèche
Des globes ignés fendant l'air.
La mort, de sa faux invisible,
A doublé la force inflexible,
Sortant de ses tubes de fer.

Héros des temps chrétiens, guerriers des jours antiques,
Morts pour le saint Sépulcre, aux rives du Jourdain ;
Martyrs inébranlés des vieilles républiques,
Qui versèrent leur sang dans les combats épiques,
    Tous se sont redressés soudain.

Les voyez-vous plongés dans l'extase muette,
Tremblants, épouvantés du choc que va donner
Ce tourbillon humain, dirigeant sa tempête
Sur un point de la terre où le bronze s'apprête,
    Vésuve mobile, à tonner ?

IV

LES ALLIANCES

Comme un vol innombré d'oiseaux des mers rapide,
Nos vaisseaux de Toulon prennent leurs vols rasants
Vers les bords fortunés où les myrtes de Gnide
Ont effacé les pas sanglants du sombre Atride
    Sous leurs verts rameaux caressants.

Mais bientôt, dans les eaux de Malte ouvrant son aile,
Un second vol se montre; il approche, il accourt;

La flotte de Toulon se groupe et s'amoncelle;
Ciel! un autre drapeau sur les mâts étincelle;
     C'est le léopard d'Azincourt!...

Voyant de nos canons la gueule formidable
Des vaisseaux de Plymouth mesurer les sabords,
Dunois et du Guesclin, dans leur haine implacable,
Croient entendre déjà la bordée effroyable
     De la mer ébranler les bords.

« Alerte! chevaliers morts aux champs de carnage,
« Martyrs de votre amour pour la France et le roi!...
« Nos fils, pour nous venger, montent à l'abordage.
« Azincourt, mot fatal, sous leur bouillant courage,
     « De notre histoire efface-toi. »

Un navire français lance un bruit de mitraille;
Ce bruit est répété par un trois-mâts anglais!...
Jeanne d'Arc applaudit, et Lahire tressaille;
Mais, ô surprise!... au lieu d'un signal de bataille,
     C'est un joyeux salut de paix!...

Sous un même amiral les flottes assemblées
Ne tracent qu'un sillon sur la nappe des flots :
Les marins des deux bords pressent leurs mains hâlées,
Et les zéphyrs, chantant dans les voiles hélées,
     Baisent le front des matelots.

De son vol continu la flotte aux mille hunes
A côtoyé la Grèce, écho d'un souvenir,

Et va, jetant enfin ses ancres importunes,
Sillonner Marmara, dont les flots, sans lagunes,
    Ne peuvent pas la contenir.

En voyant ces vaisseaux où le dieu de la guerre
Plante de saint Louis la croix à chaque bord,
Richard et Godefroi, montrant leur cimeterre,
Disent aux vieux croisés : « La France et l'Angleterre
    « Prennent la route du Thabor.

« Frémissez, musulmans, la vengeance est tardive !
« Mais dans les cieux la nôtre a trouvé son écho ;
« Les chrétiens sont lassés de ta haine oppressive,
« Stamboul, j'entends déjà retentir sur ta rive
    « La trompette de Jéricho...

« Ennemi condamné, que la foudre menace,
« Tu tenterais en vain, pour calmer ses arrêts,
« En implorant Allah, d'élever dans l'espace
« Le front chauve du dôme à la rouge cuirasse
    « Et les bras de tes minarets.

« L'Europe du Liban reprend l'itinéraire ;
« Voici les fils des preux d'Ascalon et d'Alet :
« Pour laver du croissant l'insulte séculaire,
« Ils viennent du vautour affamé placer l'aire
    « Dans le sérail de Mahomet. »

Autre erreur !... d'un vaisseau part un bruit de mitraille;
Le canon musulman y répond du palais,

Boémont applaudit, et Tancrède tressaille;
Mais, ô surprise!... au lieu d'un signal de bataille,
   C'est encore un salut de paix!...

Vieux Bretons, vieux croisés, pendant leur espérance,
A ce tableau d'amour restent pétrifiés;
Mais un écho parti des rives de la France
Fait vibrer sur l'airain ce chant de délivrance
   Jusqu'à leurs cœurs purifiés :

« Notre siècle a perdu l'ambition vulgaire
« D'imposer aux humains le joug de la colère...
« L'Empire vient couvrir la paix de son manteau:
« Brille, arrêt solennel, au front de mon drapeau.
« Le fer, assez longtemps aiguisé par les haines,
« De couches d'ossements a recouvert nos plaines;
« Je veux qu'en lui le faible ayant mis son espoir,
« Comme le bras de Dieu s'accoutume à le voir;
« Et que mon glaive enfin ne brille dans la lice
« Qu'aux champs où le soldat a, pour dieu, la justice. »

CHANT QUATRIÈME

CHANT QUATRIÈME

I

CONSTANTINOPLE

La mer et ses courants, dociles cette fois,
Des célestes décrets semblent subir les lois.
De son geste lointain la main impériale
De la flotte a pressé la course martiale,
Et nos vaisseaux, doublant la pointe du sérail,
Devant les minarets déploient leur éventail.
Salut, Constantinople, ô ville du mystère !
Chaîne de fleurs nouant l'un et l'autre hémisphère,

Dernier centre du monde où le grand Constantin
Crut un jour installer le siége du destin ;
Moyen prédestiné sur qui converge et roule
La mer avec ses flots et l'homme avec sa houle.
Sanctuaire, bazar enfermé dans tes eaux
Comme le livre où Dieu, sept fois, grava les sceaux ;
Tu prolonges les bras de tes fleuves rapides,
Du pôle à l'équateur. Le Nil aux pyramides
Transporte les arrêts par le Divan tracés ;
Le Dniéper te révèle aux parages glacés,
Et le Danube, enfin, artère carotide,
Fait circuler à flots un sang vif et fluide
Des bronches de l'Europe au cœur de l'Orient.
Quel est le fondateur dont le front souriant
N'ait, en ses rêves d'or, pour l'avenir qu'il sonde,
Dans ton golfe d'azur mis le berceau du monde ?
En te donnant le jour, le colosse romain
Prolongea de mille ans son souffle surhumain :
Le croissant ne soumit le destin à l'égire
Qu'en plaçant à Stamboul le pivot de l'empire.
Mais, orgueil insensé ! pour effacer les lois
D'un Dieu sanctifiant la douleur sur la croix,
Le Koran opposait au dogme de souffrance,
Retrempant la foi vraie au fleuve d'espérance,
Le fragile bonheur de cette volupté,
Songe d'ivresse, hélas ! sur des roses sculpté.
L'orage humain arrive ; il efface, il emporte
Le livre trop léger ; la lettre reste morte
Et laisse la misère et des tyrans sans nom
Sur l'homme protester, de son sceptre de plomb,

Contre une foi donnant à quelque instant de rêve
Le réveil prolongé de cauchemars sans trêve...
Orient agité de tumultes profonds,
Mer où l'œil n'aperçoit que récifs et bas-fonds,
Amphithéâtre sombre, arène sans lumière,
Où l'acteur vers le jour dresse en vain sa paupière.
Corps malade, cherchant un élément vital;
Pèlerin égaré demandant un fanal,
L'avenir moins obscur semble écarter son voile,
Les mages, incertains, aperçoivent l'étoile.
Glaive, rentre au fourreau; pensée, élève-toi;
Foudre, éclaire au Thabor les tables de la loi;
Mystère, ouvre le temps; jour, éclaire les âmes,
Regarde. — Où donc? — Là-bas passer nos oriflammes;
Que vois-tu dans les cieux? — Je distingue la croix.
— Stamboul, médite et songe à ton Dieu d'autrefois.
Ta célèbre mosquée évoque sainte Hélène;
Ton air de saint Basile exhale encor l'haleine;
Et ton sol, tout pavé d'ossements de martyr,
En s'ébranlant, menace, hélas! de t'engloutir!..

Cependant l'Occident t'apporte,
Avec ses élans généreux,
L'appui de sa main calme et forte,
Glaive saint que la croix escorte
Chez tous les peuples malheureux.

La vieille Byzance, éveillée
Par ces murmures d'arsenaux,
Ouvre les yeux, émerveillée

De cette flotte appareillée
Pour le drame immense des eaux.

Le dôme de chaque mosquée,
La terrasse du minaret
De sa coupole d'or casquée,
Du harem la porte masquée
Sous les myrtes de sa forêt :

Le bazar aux riches arcades,
Le kiosque au bosquet d'oliviers,
Le sérail où les sérénades
Murmurent, au bruit des cascades,
Sous l'éventail des peupliers ;

Murs crénelés, jardin splendide,
Palais d'hommes, buissons d'oiseaux,
Explorant l'horizon limpide,
Fouillent de leur regard avide
Les mystères de nos vaisseaux.

Le vétéran de Silistrie,
Mutilé, mis hors de combat,
Épanche, hélas ! sur sa patrie,
Par le destin fatal meurtrie,
Le regret jaloux qui l'abat.

« — Stamboul étouffant sa colère,
« Devait-elle, au bruit de l'airain,
« Saluer la flotte étrangère

« Et presser, comme on presse un frère,
« Ses ennemis de Navarin?... »

L'enfant, indiquant nos corvettes,
A son aïeul, blème, expirant,
Demande où ces grandes mouettes
Ont pris ces ailes d'alouettes
Et ces pattes de cormoran.

« — Père, on m'a dit que ces galères,
« Sous le poids des rubis ployant,
« Portent des fleurs d'or à nos mères,
« Des glaives de feu pour nos frères,
« Des jours de parfum au croyant.

« — Eh! que m'importe leur promesse!
« Ces géants des flots écumeux
« Vont-ils à ma froide vieillesse
« Donner le haschik de l'ivresse
« Et des transports voluptueux?... »

Le juif, que rien ne scandalise,
Dans chaque voile entrant au port
Ne voyant que la marchandise,
Prépare de sa convoitise
L'abordage à chaque sabord;

Et, spéculant sur un naufrage
Qui mettrait la flotte en débris,
Demande de chaque équipage,

Roulant en épave au rivage,
Quel pourrait devenir le prix...

Ailleurs, les sombres janissaires,
Le vieux et farouche Osmanli,
Portant les larges cimeterres,
Les pistolets aux deux cratères
Bénis sur le sabre d'Ali,

Retranchés dans leur fanatisme,
Posent aux rayas d'Occident
Le dilemme du fatalisme,
Et ne voient dans tout cataclysme
Qu'Allah vidant un incident!...

« Si le Danube et la mer Noire,
« Croyants, nous ont été repris,
« C'est que, vengeance expiatoire!
« Le ciel veut ternir notre gloire
« Pour nous punir de nos mépris.

« Voulez-vous réveiller, splendides,
« Les grands siècles de Mahomet,
« Ne touchez les chrétiens perfides
« Que pour clouer leurs fronts livides
« Au parvis du temple d'Achmet. »

L'uléma, dans son sanctuaire,
Les derviches, moines hurleurs,
Les muphtis, au maintien austère,

Partagent la sainte colère...
Des pieux exterminateurs.

Mais l'odalisque qui soupire
A l'ombre du saule penchant,
Près de l'onde où son front se mire,
Rappelle avoir entendu dire
Qu'au pays du soleil couchant

Les palais n'ont des murs de glace
Que pour écarter les hivers;
Un voile épais jamais n'efface
Le galbe de l'asmé¹ qui passe
Devant la foule aux yeux ouverts.

En son foyer, sans hallebarde,
Dans le sélamlik² sans verrous,
La femme n'a pour sauvegarde
Que la madone, qui regarde
D'un sourire exempt de courroux;

L'amour d'un époux qu'elle estime,
Des enfants qui font sa grandeur,
Et cette vertu magnanime,
Dont le drapeau flotte à la cime
Du toit qu'habite la pudeur.

¹ Jeune fille noble.
² Salle de réception

Et cependant la jeune fille
N'a jamais laissé supprimer
Le droit d'aller, sous la charmille,
Quand le regard sur deux yeux brille,
Conjuguer le doux verbe aimer ;

Le droit d'aller, d'un pas timide,
Soupirer où le cœur dit : Va...
De ne poser sa main candide
Que sur le bras du jeune guide
Que souvent en songe on rêva.

L'Arménienne au doux sourire,
De ses yeux lançant les brûlots,
Fière de l'ardeur qu'elle inspire,
Du feu grégeois de son délire
Veut embraser nos matelots.

Et vous, jeunes enthousiastes,
Quittant le turban pour le fez,
Qui ployez au vent des contrastes
Du passé les rameaux néfastes
Sur le fanatisme greffés,

Le noble Abdul sur vous s'applique
A tenir le fil conducteur ;
Puisse-t-il, Franklin politique,
Guider l'orage asiatique
Comme un éclair rénovateur !

Que votre ardent patriotisme
Élève au-dessus du Koran
L'éclatant flambeau du déisme
Dont le jeune christianisme
N'est que l'encensoir odorant.

Ne renfermez pas la patrie
Dans un tekke[1], mais sous le ciel;
Réveillez sa grandeur flétrie
Sous l'impulsive idolâtrie
Du mouvement industriel.

Que votre ardeur, hardi caïque[2],
Voguant au courant du progrès,
Dépasse en sa course magique
La barque de l'Adriatique
Et le steamer aux lourds agrès.

De cette race jeune et fière
Le regard nous suit en tous lieux,
La France, coursier de lumière,
N'a qu'à secouer sa crinière
Pour provoquer ses cris joyeux.

Elle sait qu'à la grande chasse,
Dans les hippodromes ouverts,
Le coursier franc, que rien ne lasse,

[1] Monastère turc.
[2] Gondole turque

Ne franchit le premier l'espace
Que pour y guider l'univers.

Et toutes ces âmes d'élite,
Brillantes constellations,
Du passé rompant la limite,
Veulent donner à leur orbite
Nos vastes évolutions.

II

VARNA

Un dernier coup de vent du sud gonfle la voile;
Comme une veuve en pleurs Byzance prend le voile,
Et la flotte aux trois corps va chercher ses abris
Dans le golfe où Varna baigne ses rochers gris.
Les câbles sont jetés, les chaloupes légères
Vont, de la rade au port, rapides messagères,
Déposer avec ordre, et chacune à son tour,
Les soldats anglo-francs sur les quais d'alentour.
Dans l'ardeur qui la porte à calmer tes alarmes,
Ce n'est pas seulement des guerriers et des armes,
Orient, que l'Europe a versés sur tes bords,

De mille preux nouveaux tu reçois les renforts.
Le pacha, sur la grève installant sa vigie,
A salué d'abord ce nom dont la magie
Plane, nouveau Memnon, sur l'orbe oriental
Et fait dresser, béants, sur leur vieux piédestal,
Ces colosses brisés et ces peuples de cendre,
Une seconde fois réveillés pour l'entendre.
« Prince, quels sont, dit-il, ces hommes solennels,
« Qui viennent, messagers des décrets éternels,
« Montrer leurs fronts sereins et pensifs à ma vue? »
Des soldats sans mousquets abordant la revue,
Napoléon lui dit : « Dans les urnes du ciel,
« Le prêtre, recueillant le baume exempt de fiel,
« Guérit à son contact les ulcères de l'âme ;
« Et la faux de la mort n'est pour lui qu'une rame
« Qui pousse notre esquif de cette terre aux cieux...
« Ces vierges, harpes d'or aux chants religieux,
« Versent aux maux du corps, sous le nom de Marie,
« L'eau de la charité, qui n'est jamais tarie.
« L'ingénieur prudent sait imposer ses lois
« Aux monts domptés, aux mers s'apaisant à sa voix ;
« Sur deux tiges de fer lançant un char de flammes,
« Il donne aux corps pesants la vitesse des âmes.
« —Ces guerriers, qui sont-ils?—Gardes du sang humain,
« Au blessé, quel que soit son nom, tendant la main,
« Nobles fils de Larrey, leur placide courage
« De la mort en fureur sait apaiser la rage...
« L'historien, du monde écoutant les concerts,
« Cherche le contre-point des lois de l'univers ;
« Le peintre, dérobant ses pinceaux à l'aurore,

5

« Fixe sur un panneau les splendeurs du Bosphore.

« — Et toi-même? — Sondant les mystères des cieux,

« Je viens de mon enquête interroger ces lieux,

« Chercher quels éléments, quels pivots, quels rouages,

« Manquent au mécanisme usé de ces parages :

« Pour mettre l'Orient, ce vaisseau sans agrès,

« Sur le courant qu'à l'homme a tracé le progrès... »

Ce discours, noble écho du moderne Évangile,

Ébranle du pacha le fanatisme hostile.

« Allah ! qu'ai-je entendu?... Prophète Mahomet,

« De notre ciel désert fuirais-tu le sommet?...

« De l'admiration sentant la douce atteinte,

« Devons-nous au couchant chercher la ville sainte,

« Et le Christ, si longtemps frappé de nos mépris,

« Se dresserait-il Dieu vers le croissant surpris?

III

LES FLÉAUX

Aux regards ébahis des races musulmanes

L'Anglo-Franc, calme et fier, répand ses caravanes,

Merveilleux résumé des rouages humains,

Que Dieu prit aux Titans pour les mettre en ses mains.

C'était peu que la mer, caressante et docile,

Portât ses lourds vaisseaux à la coque fragile
A travers les écueils, comme un enfant bercé
Sur le bras maternel par l'amour exercé;
Auprès de nos soldats le pin et les platanes
Étendent les auvents de leurs vertes membranes;
Et l'on dirait que Dieu, du soleil de midi
Des pans de son manteau rafraîchit l'air tiédi.
Le coursier enlevé des cellules des calles
Dans les prés verts hennit à l'odeur des cavales.
Le soldat, délivré du chancelant roulis,
D'un pas ferme au drapeau fait déployer ses plis.
Tout lui sourit, des mers aux demeures des anges,
On dirait que saint George, entraînant nos phalanges
Par des sentiers bénis, vers le feu des combats,
Jette du sable d'or et des fleurs sous leurs pas...

Mais la terre et le ciel, contractant leur sourire,
Poussent le grincement d'un étrange délire!...
Comme tes fiers soldats, Godefroi de Bouillon,
Les preux de Saint-Arnaud sentent le tourbillon
Parti des lieux secrets où le mal a son gouffre,
Obscurcir le soleil d'un nuage de soufre.
Sans trouver d'ennemis, ô comble de douleur!
Sans humer du combat la délirante odeur,
Nos guerriers, au repos, sentent la mort rapide
Mordre leur front pesant de sa lèvre livide.
Un péril incompris, atterrant les guerriers,
Comme un serpent les serre entre leurs baudriers:
Sur les tambours muets la triste solitude
Laisse tomber des bras lassés d'inquiétude.

Le housard, au galop, sous un soleil brûlant,
Sent un frisson mortel glacer son corps tremblant,
Et tout à coup cheval et cavalier sur l'herbe
Se tordent dans les nœuds de l'agonie acerbe.
La mort aux doigts crochus, sortant du sol, au cou
Des mourants aux yeux verts vient passer le licou.
Le sergent, relevant dix postes sur la rive,
Ne trouve qu'un mourant qui réponde au qui vive.
Le chef, par une nuit de souffrance perclus,
Parle en vain, le soldat ne le reconnaît plus...
Un régiment d'élite entre en ligne; à l'aurore,
Cent guerriers sont restés sourds au clairon sonore,
Et, pour derniers jalons des fatals bivouacs,
Sur des tertres bêchés on a laissé leurs sacs.
On marche; à chaque instant égarant quelque chose,
Le régiment n'est plus qu'une caisse mal close
Qui, répandant sa charge aux cahots du chemin,
Marque chaque dix pas par quelque objet humain.
D'où viendra le secours? à qui demander grâce?
Du souffle créateur la mort a pris la place.
Le zéphyr mutin passe, en son vol destructeur,
De la bise du pôle au vent de l'équateur.
Veut-on calmer la soif, la fontaine jaunâtre
N'est qu'un bol de ciguë où l'aspic vient s'ébattre;
L'air même, suc vital de tout être ici-bas,
Se fait poison ailé pour porter le trépas;
Et l'homme, à peine atteint, décomposé, livide,
N'est, cadavre vivant, qu'une masse putride.
Quand on veut remonter le courant de l'effroi,
Faire taire le son lugubre du beffroi,

C'est en vain que le chef ordonne le silence :
Comme un torrent bientôt le mot fatal s'élance ;
« Le hideux choléra, l'idole des corbeaux,
« Vient de la Dobrusca rouvrir les vieux tombeaux. »
Démon insatiable à la mortelle haleine,
Glissant comme un boa, rampant comme l'hyène,
Ton dard versera-t-il ses poisons dévorants
Dans la coupe de fiel de tous les conquérants?...
Interrogez Pompée, Artaxerce, Cambyse,
Cohorte que le spectre à ses lois a soumise !
Philippe le Hardi, dont les soldats confus,
Vainqueurs, durent céder Barcelone au typhus !

Et ce n'est pas assez pour le courroux céleste !
L'incendie a mêlé ses terreurs à la peste ;
Varna, qu'en hôpital la mort a su changer,
Voit d'un fleuve de maux déborder le danger.
Immenses entrepôts préparés par la France,
Pour nos succès futurs colonne d'espérance,
Sous les langues de feu du monstre décevant,
Vous avez disparu comme le sable au vent...
Mais de l'excès des maux naît l'excès du courage :
Saint-Arnaud, timonier, tenant tête à l'orage,
Plus fort que les fléaux déchaînant leur fureur,
Dit : « Soldats, en avant ! et vive l'Empereur !...
« Le vrai brave jamais ne compte ses blessures ;
« Rendons les éléments honteux de leurs injures,
« Et, pour mieux imposer silence à la douleur,
« Au pas de charge, amis, repoussons le malheur... »
Comme ils étaient partis de Toulon et de Malte,

Les vaisseaux anglo-francs, que le péril exalte,
Au rivage empesté ravissant nos soldats,
Les portent en trois jours de l'hospice aux combats.
Sous leur poids de nouveau la mer Noire tremblante
Court propager l'effroi de sa voix déferlante
Vers la ville aux cent forts, effrayants boulevards,
Qui du fier Moscovite enhardit les hasards.

CHANT CINQUIÈME

CHANT CINQUIÈME

I

SÉBASTOPOL

Les Russes voient enfin, ô terre de Crimée !
L'ancre de nos vaisseaux sur tes bords imprimée.
        Comme au palais de Balthazar
Un doigt mystérieux, montant à l'abordage,
A gravé cet arrêt sur le fatal rivage :
        Tombeau du fol orgueil du tzar !

Par le fer anglo-franc cette épitaphe écrite,
Dans les champs de l'Alma, sur le front moscovite,

Sous nos boulets se grave encor.
Alma! quand ce blason illumine ta vie,
Saint-Arnaud, vers les preux arrachés à l'envie,
Ton âme peut prendre l'essor.

Aux prodiges nouveaux de notre aigle intrépide
Dont nos soldats hardis suivent le vol rapide,
Nos pères voient, assis aux gradins étoilés,
Les mystères du siècle à leurs yeux dévoilés.
Quels sont ces chevaliers dont l'ardeur sans seconde
Affronte le trépas pour le repos du monde?
Et quel illustre aïeul leur légua le pouvoir
De mourir orgueilleux pour ce mot : le devoir?
Ont-ils d'un écusson gravé sur leur rondache,
A transmettre à leurs fils l'or et l'azur sans tache?
Non! d'un père inconnu, laboureur ou charron,
La gloire n'a jamais occupé son clairon;
Leur grand cœur plébéien n'a pour idolâtrie
Qu'un ancêtre, l'honneur; qu'un manoir, la patrie!
Ces cris de ralliement, châtelains d'autrefois,
Des siècles transformés vous révèlent les lois;
Retrempez vos grands cœurs dans vos vieilles pensées,
Et sur nos bataillons, courtines balancées,
Versez ces passions dont le sol montre aux yeux
Dans vos castels d'airain l'effort audacieux.

II

LE BAPTÊME DES AMES

Du Guesclin et Clisson, Brissac, Condé, Turenne,
Que votre âme de feu sur nos drapeaux promène
    Sa fulgurante ardeur !
Que sur les fronts bronzés de nos soldats d'Afrique
Votre regard répande, étincelle électrique,
    Le baptême de la valeur.

Sur un nuage assis, les Jean Bart, les Tourville,
Les Duquesne, les Blak, les Ruyter, les Tréville,
    Ces Hercules des flots ;
Sur les grands amiraux des flottes colossales,
Aux applaudissements des bruyantes rafales,
    Lancent leurs cœurs, ardents brûlots.

Châtillon et Villars, Sully, Vauban, Deville,
Sous un haubert de pierre enfermant une ville
    Comme on armait les chevaliers ;
Plus fameux à frapper encor qu'à vous défendre,
Dieux du bronze tonnant qui marchez dans la cendre
    Comme le buffle en ses halliers ;

Que de vos yeux l'éclair invincible rayonne
Et lance les serpents de l'horrible Gorgone
    Sur Sébastopol écrasé;
Mais, fatal accident! voyez une étincelle
S'égarer; Totleben arrête l'infidèle
    Et son cœur en est embrasé.

Hésiode et Lucain, Virgile, Homère, Orphée,
Pour chanter sans fléchir la grandeur du trophée,
    Dites, serait-ce assez de vous?...
Quel poëte sans foi pourrait monter sa lyre
Sur le ton surhumain que cette guerre inspire?
    Non, siècles passés, laissez-nous...

Pour peindre les acteurs de la lutte géante
Il faudrait le pinceau que le Tasse et le Dante
    Trempaient dans le sang de la croix.
Bornons-nous à saisir les tables de l'histoire,
Enregistrons les faits, et laissons la Victoire
    Les conter de sa grande voix.

III

LE SIÉGE

Sur le rocher qui sert de sous-œuvre à la place,
Le Russe impunément croit défier l'audace

De nos mineurs aux bras nerveux ;
Nos soldats au canon n'opposent que la pioche,
    Et, sous le boulet qui ricoche,
    Creusent le chemin sinueux.

Le canal souterrain, immense parallèle,
Hérissé de dragons dont la gueule étincelle,
    Dans le roc prolonge ses flancs.
Profond comme un ravin, sombre comme une rue,
    Une armée entière s'y rue,
    Traînant ses canons dans ses rangs.

Malgré ses bastions aux quatre mille bouches,
Monstres lançant la mort de leurs regards farouches,
    Notre ennemi sent pas à pas
L'assiégeant obstiné diriger sa redoute
    Par l'invisible et large route,
    Lugubre artère du trépas.

D'un effort décisif, suprême tentative !
Tchernaia, des torrents humains, pressant ta rive,
    Semblent combler ta profondeur :
Deux princes contre nous poussent le flux intense ;
Si le nombre chez eux double la violence,
    Français, décuplons notre ardeur !

O funèbre ravin ! où la mort redoutable
Vient d'un second Alma jeter sur le coupable
    L'indélébile châtiment !
Bosquet, ils sont contents des soldats de Crimée,

Les héros de la grande armée :
Austerlitz salue Inkerman !

IV

L'HIVER

Mais, pour adoucir ses défaites,
Le ciel russe a des arsenaux
Où l'hiver forge les tempêtes
Et la glace aux vastes anneaux.
L'atelier du monde barbare
N'y brisa jamais ses marteaux;
Le farouche Odin y prépare
Et ses poisons et ses métaux,
Comme si, passant le Danube,
De ce nouveau monde romain
Il prétendait presser le cube,
Écrasé dans sa large main.

De son glaive aiguisant la lame vengeresse,
Le spectre d'Attila dans les enfers se dresse,
Et, sur leurs lits formés d'ossements entassés,
Il réveille ses pairs dans l'orgie affaissés.

« Si nos Huns, ne portant que la hache et la pique,
« N'ayant pour louvoyer sur les flots égarés
« Que des bateaux d'osier glissant de golfe en crique,
« Ployèrent l'univers sous leurs bâtons ferrés :
« Quels fléaux inconnus, cataclysme effroyable !
« Vont transformer le globe en océan de sable !...
« Dites-nous vos projets, ô peuples conjurés !
« Successeurs des Titans dans les enfers murés?
« Vous qui sûtes aux cieux tremblants prendre la foudre,
« Au volcan le foyer qui met la pierre en poudre,
« Vers le centre du monde allez-vous de ce pas
« Allumer un brasier qui ne s'éteigne pas?...

« Dans un carnage affreux, héritier de mon glaive,
« L'Anglo-Franc, de la vie osant tarir la sève,
« Et gorgeant les vautours de leur dernier repas,
« Veut-il anéantir tout, même le trépas?
« Si les Huns ont des fils sur cette terre avare,
« Ne doivent-ils pas tendre une main au Tartare
« Qui, son bras comme un cep sur le Kremlin greffé,
« Voudrait voir l'univers sous sa cloche étouffé?...
« Conquérants ravageurs, défendons notre gloire ;
« Qu'à nos fleuves de sang nul mortel n'ose boire :
« Si nous laissions plus loin leur foudre humain passer,
« Nos exploits destructeurs se verraient dépasser... »

A l'appel de son roi, la mort au front livide
Enveloppe nos camps de son aile rapide.
Complice du *fléau de Dieu* ressuscité,
Elle triple l'essor de son avidité.

Sur la terre versant l'ondée,
L'hiver étend sur nos soldats
Une vaste plaine inondée,
Que les bombes ne sèchent pas.

On dirait que, rompant ses dunes,
La mer, pour envahir nos rangs,
Change les rochers en lagunes,
Et les lagunes en étangs.

Des chariots la lourde roue
Prend racine dans les marais;
Nos soldats, plongés dans la boue,
Sont fixés comme des étais.

Bientôt, sur la terre mouvante,
Voyez-vous accourir du Nord
Ce monstre ailé, bise sifflante,
Au pied qui glace, au bec qui mord?

Sous la neige, au loin entassée,
Les tentes ont caché leurs plis.
Une Bérésina glacée
Les aurait-elle ensevelis?...

Non, le Français que rien n'atterre,
Combat le blocus des glaçons;
Nos Africains, creusant la terre
Dans ses flancs, habiles maçons,

Construisent ces chaudes guérites
Où nos tirailleurs vigoureux
Apprendront, même aux Moscovites,
A braver un ciel rigoureux.

L'Anglais, émule de nos braves,
Applique son activité
A briser aussi les entraves
De la neigeuse humidité.

Un rail way franchissant l'espace
Comme un renne aux bruyants grelots,
Fait glisser à travers la glace
La flotte au camp, le camp aux flots.

V

LA TRANCHÉE

Mais, s'ils ont de la mort lassé le vautour sombre,
Qui pourra de nos preux raconter les malheurs?
Si l'âme du martyr a vaincu la douleur,
Dans la mer des tourments son corps se brise et sombre.

G

Quatre mois, dans la fange et la neige plongés,
Nos soldats résignés, mais regardant la France,
Loin du pays natal ont pour seule espérance
    Les sanglants combats prolongés.

Longueur des nuits, repos du captif sous la tente,
Vains efforts des Titans sur le roc enchaînés!
Quel vautour vous retient, ô Français! entraînés
    Par votre fougue militante?

Nos francs tireurs en vain appellent les combats;
Le Russe intimidé, derrière sa muraille,
Par le *non* sec et sourd des bouches à mitraille
    Répond au défi des soldats.

Dans cet exil, héros à la tête penchée,
Qui vient distraire, hélas! le calme de la nuit?
La garde d'avant-poste, où l'obus rouge luit,
    Sur le tombeau de la tranchée.

De quel mot te nommer, champ de mort odieux,
Où l'assiégeant, pressé dans la fosse béante,
Ne voit tomber du ciel que la bombe éclatante
    Et les boulets capricieux?

Impuissante valeur, rage, combats stériles,
Qui d'un glaive émoussé n'exercent la fureur
Que sur des globes creux promenant, sans terreur,
    La mort dans nos rangs immobiles...

La nuit succède au jour, l'infatigable Mort
De son aveugle faux incessamment moissonne,
Que le choléra rampe ou que le canon tonne,
  Sans combats le guerrier s'endort.

Quel sang coule en vos cœurs, hommes que rien ne lasse,
De vingt mois de périls vous étant fait un jeu :
Aigles, pour affronter les nuages de feu ;
  Ours blanc, pour marcher dans la glace?

Que furent maints combats, orgueil de nos aïeux,
Où les hardis lutteurs frappaient à force égale,
Et cueillaient, en tombant, la palme triomphale
  Sous le regard ardent des cieux?...

Un éclair d'héroïsme et d'élan formidable
Peut-il se comparer à l'effort surhumain
Où l'Hercule-soldat étouffe d'une main
  De l'hiver l'hydre insaisissable?

Où, de l'autre, il combat ces torrents destructeurs,
Globes de fer brûlant qui labourent la terre
Et semblent transporter la zone du tonnerre
  Dans le champ clos des deux lutteurs?

VI

LES DEUX PROVIDENCES

Dans vos rudes travaux qui soutient le courage,
O guerriers d'Occident, pour la justice armés?
Deux grands cœurs paternels sur vos maux alarmés,
    Des périls conjurant l'orage!...

L'un soldat-général, au premier rang placé,
Sur le champ des douleurs semant la confiance,
Laboure son sillon, par la vertu tracé, ·
De la tranchée au port, du camp à l'ambulance.

L'autre, bien loin de vous, retenant les destins
De la France et du monde en sa main calme et sûre,
Chaque jour à l'oracle arrache pour butin,
Un de ces mots profonds dont l'éclair vous rassure.

Son immense génie, au regard contenu,
Lit, des mers et des monts franchissant la distance,
Au livre des hasards, des mortels inconnu,
Les secrets que le sort livre à sa prévoyance.

Il sait voir du palais, où sa tête en travail
Trace sa marche au siége et sa route à la flotte;
L'aigle noir aux deux becs, que la nue enveloppe,
Du haut de la croix grecque assiéger le sérail.

Charlemagne, Wasa, Napoléon, Turenne,
Possesseurs des secrets de la sanglante arène,
    Demi-dieux des vastes combats,
Font jaillir à ses yeux les flammes surhumaines,
Météores divins guidant les capitaines
    Au champ des terrestres débats.

Événements prévus, trahisons conjurées,
Compas régulateur des frontières murées,
    Il a tout soumis à ses lois.
De l'avenir brumeux son regard perce l'ombre,
D'avance des combats il dit l'heure et le nombre:
    La victoire accourt à sa voix.

Un fil mystérieux, traversant la mer Noire,
Comme un lac enclavé dans notre territoire,
    Est l'impénétrable canal
Par lequel l'Empereur à Canrobert adresse
Ce bulletin du jour que la gloire s'empresse
    D'illuminer de son fanal.

Câble miraculeux que l'Olympe d'Homère,
Dans son antique audace, eût traité de chimère,
    L'homme t'enleva-t-il aux cieux?

Tu voles de Paris aux rives de Colchide,
Mercure au caducée, invisible et rapide,
   D'un seul coup d'aile audacieux.

L'Occident tout entier compte, par cette artère,
Du cœur de nos soldats, tendre et pieux mystère !
   Les ineffables battements.
On dirait que l'Europe, à leurs maux attentive,
Par un ange indiscret reçoit de cette rive
   Ses douloureux enivrements.

VII

LES PIÉMONTAIS

Sous le noble transport du courant sympathique,
Un peuple en qui la gloire a la force électrique
   Dans son courage illimité,
Au feu des alliés mêlant son étincelle,
Vient d'un nouvel anneau serrer la citadelle
   De la triple fraternité.

Sublimes champions, noble chevalerie,
Qui, des preux réveillant la devise attendrie,
   Verse, pour un peuple aux abois,

Ce sang des nobles cœurs qu'une main généreuse
A la faible beauté, sur la lice poudreuse,
Offrait jadis dans les tournois.

Tout ennemi vaincu devient ton demi-frère,
Anglo-Franc, dont le fer écrase sans colère,
Comme le glaive de la loi.
Ta main, qui du mousquet dirige les morsures,
Quand l'adversaire tombe étanche ses blessures,
Et calme son livide effroi.

Aussi, durant les cris sinistres du carnage,
Le Dieu de paix n'a-t-il pour le sanglant rivage
Que des regards de pleurs mouillés;
Chaque jour, choisissant pour autel une tente,
Victime expiatoire, il répond à l'attente
De nos soldats agenouillés.

Quand le fer de mourants couvre un champ de bataille,
Un pilote leur montre, à travers la mitraille,
Le port de la félicité;
C'est le prêtre du Christ, phare de la lumière;
Il enfonce la croix, ancre de la prière,
Dans le sol de la charité.

Mais ils n'attendent pas sa présence bénie
Pour offrir au Seigneur d'une lente agonie
Le sacrifice expiateur.

D'une sainte *Pietà* la naive médaille,
Bouclier qu'une mère oppose à la mitraille,
    Est le premier consolateur

Qui, nouveau labarum, sur leur lèvre livide,
Dresse sa hampe d'or comme la sainte égide
    Du catéchumène-soldat.
Ange gardien visible, il préside à la lutte,
Et du cœur chancelant il arrête la chute
    Au jour du suprème combat..

Le chrétièn peut braver la mort sous ta cuirasse,
O Seigneur ! à travers les foudres de la place
    Il aperçoit l'éternité.
Et les soldats tombant dans l'arène funeste
Voient saint Georges attacher sur leur nimbe céleste
    L'*Ordre* de l'immortalité.

Martyrs suppliciés sur un nouveau Calvaire
Pour le rachat humain d'un peuple, le suaire
    Ne saurait, sur votre trépas,
Aux ordres d'un Hérode, accrocher le couvercle
Qui scelle dans le roc, sous un quadruple cercle,
    Les morts qui ne s'éveillent pas.

L'ange au glaive de feu qui doit briser la pierre,
C'est la Gloire, écrasant d'un torrent de lumière
    La garde aveugle du tombeau.

Comme le Christ mourant, votre regard embrasse,
Par delà le cercueil, ce soleil de la grâce
    Dont rien ne ternit le flambeau...

CHANT SIXIÈME

CHANT SIXIÈME

I

L'ASSAUT

De la peste et de la tempête,
Des frimas à la blanche aigrette,
Nos camps sont enfin préservés.
Canrobert a franchi l'orage;
Vaillant Xénophon de notre âge,
Tes dix mille sont conservés.

Un noble repos te réclame,
Dieu n'a pas laminé ton âme

Pour ces jours sanglants où la mort
Doit, sous un déluge de flammes,
Mer de feu déferlant ses lames,
Tenter son plus aveugle effort. .

Comme autrefois, à Babylone,
Un doigt marqua sur la colonne
L'heure où tomberait la cité,
Pélissier marque l'instant sombre
Où la Babel russe dans l'ombre
Verra son front précipité.

L'aube colore enfin la mer et le rivage ;
Soudain le tambour bat un roulement d'orage.
A la course lancés, nos hardis bataillons
Franchissent la tranchée en épais tourbillons
Sous les canons en feu vomissant la mitraille...
Sébastopol n'est plus, sous son épaisse écaille,
Ce dragon monstrueux dont le gosier rougi,
Dix mois contre nos preux sans relâche a rugi ;
C'est un volcan qui lance, en ses jours de colères,
Des flots rouges, brûlants, par trois mille cratères :
Et d'autant plus terrible en son explosion,
Que ce n'est pas de Dieu qu'il suit l'impulsion ;
La prière de l'homme, en sa sublime extase,
De Dieu pourrait calmer le courroux qui l'embrase ;
Ce volcan tout humain, fils de nos passions,
C'est dans nos cœurs qu'il prend ses fermentations ;
Et, sourd à la pitié comme un tigre en démence,
Notre orgueil rougirait qu'il connût la clémence !

Au signal solennel, trente mille soldats
En pleine éruption vont au pas des combats :
Des flancs de Malakof la lave en feu se rue,
Comme d'Herculanum elle inonda la rue,
Dans ce jour destructeur où Dieu, pour le punir,
L'enterra tout vivant avec son souvenir.
Le torrent embrasé dans tous nos rangs se roule ;
Prodige !... qui vaincra ? le métal ou la foule ?
O Titans ! ces combats seraient dignes de vous ;
Mais ne regardez pas, car vous seriez jaloux !...
Plus haut qu'un demi-dieu l'homme élève sa tête,
Voyez-vous ? ce n'est plus la foudre qui l'arrête ;
C'est le courant de feu qui recule, interdit
De ce barrage humain élevé dans son lit.
Les vivants, sur les morts glissant d'un pas rapide,
Préviennent, par le vol de leur course intrépide,
La seconde fureur d'une autre éruption :
Et nos soldats fougueux, subite invasion,
Courent, de Cornilof déchirant les entrailles,
De cet Etna captif éteindre les mitrailles.
Notre aigle tout saignant plane sur Malakof,
Son regard foudroyant atterre Gortschakof ;
L'assiégé, que le feu de nos canons terrasse,
Aux flammes de Moscou livre en fuyant la place,
Et de sa flotte, au port, entassant les débris,
Loin de ses forts rasés porte ses pas meurtris.

II

LA PAIX

Le géant est vaincu ; sa taille colossale
Écrasait de son poids la zone orientale.
Au tribunal des camps par les peuples jugé,
Il cesse de jeter l'effroi d'un préjugé.
Briaré, n'ayant plus que ses deux bras en somme,
A nos yeux dessillés ne reste plus qu'un homme.
Stentor ne lance plus cet éclat menaçant
Qui dressait sur l'Europe un spectre pâlissant.
Dernier plan du tableau du neigeux hémisphère,
Notre souffle a détruit sa force : le mystère ;
Désormais, simple membre au congrès d'Occident,
Sa haine ou son amour ne sont qu'un incident...
Frappé du coup fatal, le vigoureux Hercule.
Devant son adversaire, enfin, tremble et recule,
Et craint que, sous le fer du bras vengeur levé,
Son destin obscurci n'ait son rêve achevé.
Mais notre France, instruite à l'école des larmes,
En lui tendant la main sait calmer ses alarmes ;
L'Angleterre l'imite, et les trois ennemis
Étouffent la discorde entre leurs bras amis...

Toutefois dans les airs, sous un sombre nuage,
Quel invisible autour pousse ce cri sauvage :
« Point de paix! le pardon, aveugle humanité,
« De l'hydre renaissant c'est l'immortalité.
« Attila, guide-nous du Don à la Baltique ;
« Dieu t'avait fait sans cœur, ô géant politique!
« Sachons être tes fils. Au nom de l'équité,
« Rendons un quart du globe à la stérilité,
« Transformant les cités en torche fulgureuse,
« Élevons nos autels à la paix ravageuse,
« Et disons au marais glacé de la Néva :
« Reprends Saint-Pétersbourg que le tzar t'enleva... »
Mais un écho parti des rives de la France
Vient donner aux vaincus ce gage d'espérance :
« Ah! laissons aux tyrans les aveugles fureurs,
« Aux factions d'un jour les sauvages terreurs.
« Notre siècle a perdu l'ambition vulgaire
« D'imposer aux humains le joug de la colère ;
« L'Empire vient couvrir la paix de son manteau ;
« Brille, arrêt solennel, au front de mon drapeau.
« Le fer, assez longtemps aiguisé par les haines,
« De couches d'ossements a recouvert nos plaines,
« Je veux qu'en lui le faible ayant mis son espoir,
« Comme le bras de Dieu s'accoutume à le voir ;
« Que mon glaive sacré ne brille dans la lice
« Qu'aux champs où le soldat a pour dieu la justice ;
« Et qu'il proclame enfin, dans ce monde agité,
« Le code d'équilibre et de sécurité...
« Anglais, une victoire à nulle autre seconde,
« Nous a permis d'offrir ce jour unique au monde.

7

« Que de nos ennemis, arbitres souverains,
« Tenant leur avenir et leur sort en nos mains,
« Ne voulant conquérir que le titre de juste,
« Vainqueurs, nous leur disons, comme autrefois Auguste:
« Puisque de commander le ciel nous a permis,
« Nous vous offrons la paix; vaincus, soyons amis... »

III

LE RETOUR

Aigle de nos soldats, dont la fauve prunelle,
Du haut de Malakof sur l'Europe étincelle,
Porté par un éclair sur cet arc triomphal,
Tu peux, avec fierté, quitter ton piédestal.
Sur ton sein bosselé, sanctuaire imprenable,
Effroi du peuple injuste et du prince coupable,
Ton glaive juste et fort, pour l'univers dressé,
Restera le vengeur de tout être oppressé.
Que l'aigle du Kremlin vole vers le Bosphore,
Que Vienne verse un jour le Tibre en son amphore,
Que l'Angleterre rêve un nouveau Gibraltar;
Que New-York sur Cuba jette son œil hagard,
Qu'un lion affamé menace un cerf timide;
Aigle de Malakof, relève ton égide!
Sur tout peuple craintif place ton bouclier,

Et l'on verra d'effroi l'orgueil s'humilier,
Fuir devant le forfait qu'on nomme l'injustice,
Laissant la France et Dieu fermer le précipice.

Vous, soldats, revenez; la France, sous vos pas,
Plantera ces lauriers qui ne périssent pas!
Que sur les arsenaux le canon se replie,
Du mortier foudroyant la tâche est accomplie.
N'ayant plus la terreur d'un vaste embrasement,
L'Europe vous bénit, ô vainqueurs d'Inkerman!
Quand les premiers chrétiens, partis des catacombes,
Y revenaient portés sur l'aile des colombes,
Harassés des labeurs de leurs apostolats,
Les membres mutilés, la poitrine en éclats,
Ayant sur chaque muscle un réseau de blessures,
De la dent des bourreaux déchirantes morsures;
Lorsqu'en cribles percés l'étole et les manteaux
Sur leurs chairs laissaient voir les traces des couteaux;
Quand tous ces fronts, miroirs de celui du Calvaire,
Par mille trous d'épine imitaient l'arc solaire,
Quelle gloire apportaient ces héros en haillons,
Traçant sur le vieux sol leurs lumineux sillons?
Celle de consacrer leur souffrance féconde
Au service inconnu de racheter le monde.
Accueillis par leur chef sur le seuil d'une croix,
Ce cœur de l'univers à l'écorce de bois,
Leurs pieds touchaient à peine au sacré tabernacle,
Que blessures, tourments, par un second miracle,
Comme des voluptés au ciel venaient s'offrir,
Et Dieu semblait jaloux de les voir tant souffrir!

Tels les débris vainqueurs de nos fières cohortes,
Ayant des vieux martyrs la maigreur pour escortes,
Pour bâton leur fusil, et pour croix leur drapeau,
Pour sacre, le sillon des balles sur la peau,
Étalent à nos yeux la gloire surhumaine
Des supplices soufferts, l'âme calme et sereine,
Pour le salut d'un peuple et d'une vérité.
L'autel où le repos et la célébrité
Les attendent n'est pas l'austère catacombe ;
C'est la place au grand jour qu'un fût d'airain surplombe ;
Labarum belliqueux par la victoire offert.
Regarde-les passer, vois comme ils ont souffert.
Le chef impérial, debout devant ce temple,
Salue avec respect ces héros ; il contemple
Ces corps humains au feu par lambeaux arrachés,
Et leurs mousquets, comme eux, par les balles mâchés.
Il croit voir des Lazare arrachant à la bière
Leurs cadavres surpris de n'être pas poussière.
Mais il n'est pas le seul dont l'œil fier ait compté
Les coups poréts aux flancs de son aigle indompté.
Un peuple tout entier, que dis-je, un peuple ? un monde
Ayant ses pieds au Gange, au détroit de la Sonde,
A Dublin, à Suez, à New-York, à Glaris,
Ses bras enfin partout, mais son cœur à Paris ;
Ce géant, disons-nous, couvrant la terre entière,
Comme si du soleil il versait la lumière,
A l'aspect de ces preux, des enfers revenus,
Trépigne, pousse au ciel des cris incontenus.
Dans ces clameurs, mêlant les douleurs au sourire,
Il jette aux morts ses pleurs, aux vivants son délire.

Vaste et bruyant concert où le monde applaudit,
Écoutez vers le ciel ce que l'homme redit :
« O glaive teint de sang, époux de la victoire,
« Viens baptiser la paix sur l'autel de la gloire.
« Qu'au bronze cette paix prenant sa dureté,
« Au soleil sa splendeur, au ciel sa pureté,
« Plus haut que ta durée, ò colonne Vendôme!
« Pousse l'éternité terrestre de son dôme!... »
Napoléon, dressant vers le géant d'airain
L'éclair explorateur de son regard serein,
Vit la froide statue, animant sa figure,
Décroiser de ses bras l'imposante envergure,
Et, de ses mains de fer lançant les battements,
De l'univers couvrir les applaudissements...
« Eh bien, que penses-tu? lui dit le jeune Empire,
« — Je suis content de toi, l'honneur vengé respire,
« Et l'aigle de la paix, volant vers l'avenir,
« Semble agrandir l'Europe afin d'y contenir... »

IV

L'ANGE DE PAIX

Si de l'orgueil mortel naît la haine, la guerre,
O paix, fille du ciel! viens abriter la terre :

Cotte d'armes dont Dieu disposant le filet
Dans les mains d'un élu place chaque annelet;
Descends, ô talisman! imploré par les vierges,
Brodé d'or par la mère à la lueur des cierges;
Le laboureur au champ t'entoure de ses vœux;
Madeleine t'étreint des plis de ses cheveux,
Et Jésus-Christ étend ses deux bras sur le monde
Pour répandre plus loin le sang qui te féconde,
Tendre à tous les humains les liens solennels
De l'amour baptisé dans ses flancs éternels.

Mais qui sera, parmi les anges,
Digne de porter ici-bas
Cette paix, augustes mélanges
D'éléments qu'on n'y connaît pas?
Le ciel, dans sa miséricorde,
D'un messager de la concorde,
Tissant les jours harmonieux;
D'un jeune cœur, lyre sans rouille,
Dans un corps neuf, que rien ne souille,
Note le chant mélodieux.

De cette âme, flamme légère,
Le voile d'azur dans l'éther
Se balance, sylphe éphémère,
Plus chaste qu'un soupir d'Esther;
Et dans la zone diaprée
Où nage l'aurore pourprée,
Le soleil, semant ses rayons,
Sur son nimbe bleu fait éclore

Ces nuages de fleur que dore
L'arc-en-ciel aux mille crayons.

« Que cherches-tu, souffle de l'Être,
« Plus léger que le colibri?
« — Une rose où je puisse naître,
« Un cœur pur qui soit mon abri;
« Une fleur où ma chrysalide
« Tissant son nid frêle et timide,
« Dans l'invisible accomplira
« La suave métamorphose
« D'une âme dans un corps éclose,
« A qui le monde sourira.

« — Ne cherche plus... dans cette foule,
« A ce balcon, ne vois-tu pas,
« Écoutant le tambour qui roule,
« De nos guerriers comptant les pas,
« Cette femme auguste qui penche
« Sa tige à la corolle blanche
« Sur son bras souple et gracieux;
« Cette déesse de l'Albane,
« Pourprant sa pâleur diaphane
« D'un rayon descendu des cieux.

« Ces yeux d'azur, ces cheveux d'ange,
« Dons célestes de Gabriel;
« Ce regard qui paraît étrange,
« Tant il semble venir du ciel;
« Ce front, né pour le diadème,

« Que Dante, en son élan suprême,
« Pour Béatrix eût enlevé,
« Sont comme un reflet du sourire
« D'un beau séraphin qui soupire,
« Regarde et croit avoir rêvé: »

Cependant, languissante et pâle,
Elle voit son front délicat
Céder une à une à l'opale
Les roses de son incarnat.
On dirait une âme rebelle
Qui de l'enveloppe mortelle
Cherche à diminuer le poids,
Afin de voler plus légère
Chez les étoiles où la mère
D'un sylphe humain va faire choix.

Le sylphe, désireux de naître,
Pour porter la paix aux humains,
Par charité réclame l'être
De cette fée aux blanches mains.
Et la noble enfant de Castille,
Donnant abri sous sa mantille
Au gage de félicité,
Rappelle la vierge aux louanges,
Que Murillo dans des flots d'anges
Élève à la maternité :

La jeune mère, en son extase,
Contemplant canons et soldats,

Entend du transport qui l'embrase
Ses flancs répéter les éclats.
Dans cette atmosphère d'ivresse
Où l'univers entiers se presse
Autour de ce drapeau vainqueur,
Elle sent dans son sein, ravie,
Battre d'une seconde vie
Le double élan d'un double cœur.

Bientôt à la France attentive
Tu viendras, enfant précieux,
Offrir de ta lèvre naïve
Le baiser envoyé des cieux.
Puisses-tu conserver intacte,
L'auguste sanction du pacte
Que tu portes à nos guerriers;
Que ton ambition suprême
Soit d'enter sur ton diadème
Ces rameaux bénits d'oliviers.

ÉPILOGUE

ÉPILOGUE

RÉVEIL DE L'ORIENT

Et maintenant, chrétiens, les routes sont ouvertes;
Que les mers, de vaisseaux incessamment couvertes,
De Cadix, de Bordeaux, de Toulon, de Plymouth,
Poussent, à flots pressés, vers Byzance et Beyrout,
Ces fils de l'Occident, qui, depuis la croisade,
Ne cessent d'ajouter un chant à l'Iliade...
Sur d'antiques débris de peuples éplorés,
Venez, phares des arts, comètes de lumières,

Relever, au soleil, les fronts décolorés
De ces tombeaux cachant les villes altières,
Des hommes primitifs bruyantes fourmilières
    Aux tours de bronze, aux murs dorés.

Que l'Euphrate et le Nil, chez les races nomades,
De mille palais neufs baignent les colonnades
    De leurs courants précipités;
Que l'homme, refoulant l'avare mer de sable,
Dise enfin au reflux : « Tourbillon implacable,
    « Rends-moi mes antiques cités!... »

Que Palmyre et Memphis, Ninive, Babylone,
Vastes creusets humains où la foule bouillonne,
    D'empires rajeunis préparent les destins.
Flambeaux étincelants d'un avenir splendide,
Éclairez d'un reflet éclatant et limpide
    La route des peuples lointains.

Qu'à travers tes déserts, Arabie altérée,
Du sable envahisseur combattant la marée,
    Les fleuves dirigeant leurs rapides canaux,
Transforment tes cactus épineux en herbages,
De troupeaux ruminants peuplent tes pâturages,
    Changent tes tigres en taureaux.

Qu'un rail, sceptre de fer, révélant la puissance
De l'homme, supprimant et l'heure et la distance,
    Sur le sol que le temps étreint de ses anneaux,
Réunisse Jassy, Athènes, Andrinople,

Le Caire, Damas, Kars, Suez, Constantinople,
    Dans les mailles de ses réseaux.

Jusqu'à ce jour la terre, en cavale quinteuse,
N'avait, pour renverser la foule voyageuse,
Sur sa croupe sans selle installée au hasard,
Qu'à soulever un mont, à creuser une ornière,
A s'effrayer du bruit confus d'une rivière,
    A s'engager dans un puisard.

Au milieu du péril, l'humanité peureuse,
En désordre, arrêtant sa course périlleuse,
S'en allait dipserser aux angles des chemins
Ces points d'arrêt, cités l'une à l'autre étrangère,
Que le désert brûlant ou l'humide fougère
    Tenait loin des courants humains.

Bientôt, par des liens fraternels réunies,
Tendant ces bras de fer dont l'art les a munies,
Elles pourront sentir le vieux globe impuissant,
De ses muscles tenter l'effort opiniâtre,
Entre leurs bras d'acier vainement se débattre,
    Gonfler le fleuve mugissant,

Du haut des monts lancer des cascades de neige,
Comme un chêne ébranler les volcans sur leur siége,
Enfin de ce combat contre l'homme lassé,
Le sol chargé de fers comme un lutteur antique,
Écrasé sous le poids du filet métallique.
    S'affaisser en disant : Assez!...

L'air alors sillonné de légers filagrammes,
Sur des courants d'éclairs fait voyager nos âmes ;
L'Orient, par ces fils, sur ses peuples divers
Étend de l'unité les puissantes membrures,
Et ne fait, du passé ressoudant les coupures,
    Qu'un seul peuple de l'univers.

Byzance, en ses deux mains réunissant les guides
Des coursiers enflammés dont les élans rapides
Vont réveiller l'Indus de leur hennissement,
Du cocher du soleil répétant le prodige,
Du Gange aux monts Karpaths guidera le quadrige
    De ce vaste affranchissement.

Sion même, du temps secouant la poussière,
Versant du Golgotha ses torrents de lumière,
Dans le passé maudit laissera désormais
Ce cartel du malheur où le mortel épelle,
Écolier ignorant, la ligne qui recèle
    Les mots *impossible* et *jamais.*

Que le ciel d'Orient, déchirant l'enveloppe
    Où l'homme vécut enchâssé,
Évoque dans son sein les splendeurs de l'Europe,
    Dont l'élan sera dépassé

Que le nouveau chrétien, héritier de Moïse,
    Sur le Thabor régénéré
Trouve enfin les douceurs de la terre promise,
    Par les Juifs en vain espéré.

Du premier homme exclu du paradis terrestre,
    Age d'or de l'antiquité,
Il ira réclamer l'héritage au séquestre
    Au nom de son activité.

Mais, si l'homme agrandit sa puissante stature,
    Et si, vainqueur des éléments,
Il semble, en sa fierté, dicter à la nature
    Ses arrêts et ses jugements;

Si, grandissant toujours, il semble, en sa spirale,
    A coups d'ailes monter aux cieux;
Si des esprits divins son large front étale
    Quelques reflets mystérieux,

Ce n'est pas à son bras de Cyclope et d'Alcide,
    A l'éclair du canon grondeur,
A l'aimant directeur, à la vapeur rapide,
    Qu'il doit sa plus haute grandeur.

Non, Seigneur, tu fis l'homme à ta céleste image,
    Et, s'il est grand comme ta loi,
C'est qu'immortelle aussi, son âme monte et nage
    Dans l'orbe infini près de toi!...

TABLE

---

www.ingramcontent.com/pod-product-compliance
Lightning Source LLC
Chambersburg PA
CBHW060833250626
47162CB00005B/2056